KB143085

풀물 들었네

풀물 들었네

박경한 시집

學而思 | 학이사

■ 자서

시는 순간 속에서 영원을 꿈꾸는 것

추사 김정희의 작품에 가짜는 있어도 졸작은 없다고 한다. 왜냐하면 그는 사자가 코끼리를 잡을 때 온 힘을 다하듯이 토끼를 잡을 때도 온 힘을 다했기 때문이다. 코끼리를 잡든지 토끼를 잡든지 그것은 중요한 바가 아니다. 아마도 대상을 낚아채려는 자세가 중요하기 때문일 것이다. 시의 자세가 곧 삶을 대하는 자세이다.

최초의 현악기였던 '리라' 는 무엇인가를 죽이기 위한 '활' 의 떨림에서 착안한 악기였다. '리라' 가 생의 의지라면 '활' 은 생의 적의이자 사멸이다. 삶의 아름다움과 삶의 적의를 동시에 추구하고 구현하는 것이 시가 가는 길이다. 따라서 시는 삶의 닻이 될 수도 있고 삶의 덫이 될 수도 있다.

인간은 유한하며 조건 지어진 모든 것들은 반드시 끝이 있다. 생존의 고통은 어디에서 오는가? 철학적 관점에서는 유한성에서, 사회적 관점에서는 결핍에 기인한다.

이 세상에서 가장 확실한 정의는 모든 생명은 태어나서 죽는다는 것이다. 화무십일홍花無十日紅, 꽃은 아무리 고와도 열흘을 견디지 못하고 인불호백일人不好百日, 사람 사이가 아무리 좋아도 백 일을 견디지 못한다. 밥벌이의 괴로움, 불평등, 소외 또한 인간을 고통의 심연으로 빠뜨린다.

시의 본질은 고통이다. 고통에 대한 기록이 시이다. 사람은 오기도 하고, 울기도 하고, 가기도 한다. 우리는 느리지만, 확실하게 지금도 죽어가고 있다. 시는 순간 속에서 영원을 꿈꾸는 것이다. 유한성에 대한 증언으로 세 번째 시집을 묶는다. 이제 강물을 건넜으니 배를 불태울 때다.

2022년 7월

박경한

차례

1부. 짐을 진 여인

2부. 엄마 생각

3부. 산밭 일기

4부. 새들의 간이역

1부

짐을 진 여인

만찬晩餐

차곡차곡 모은 신문지를 고물상에 팔았다
잡동사니들이 널브러진 고물상에는
먼지를 뒤집어쓴 개도
오월의 상수리나무도 고물로 보였다
화장도 안 한 여사장이 준 돈으로
콩나물 한 봉지와 두부를 샀다
먹고살 만한데 웬 청승이냐고
핀잔을 주는 집사람 얼굴에 화색이 돌고
콩나물 김칫국 냄새가 집 전세를 냈다
콩나물 김칫국을 새롭게 먹어도
우리는 희한하게 고물이 되어갔다
고물이 고물을 먹어 치우는 배부른 저녁이었다
우리의 저녁은 항상 최후의 만찬이었다

조화造花를 파는 노인

시립공원묘지 앞에서 노인이 꽃을 판다
입술을 빨갛게 바르고
입술보다 붉은 조화를 손에 들고
한쪽 다리를 절뚝이며 꽃을 판다

한 걸음 걸을 때마다 하늘이 기우뚱하고
가을 벚나무는 민망한지 얼굴을 붉힌다

자신도 머지않아 공원으로 이사 갈 텐데
이사 간 후에는 다른 여인이 또 꽃을 팔 텐데
자식들은 오래 시들지 말라고 조화를 사고
고생한 우리 엄마 하면서 울 텐데
삶이 죽음을 껴안으며 겨우 조화調和를 이룰 텐데

노인이 죽음을 겁내지 않고 조화를 판다
자신의 주검을 덮고도 남을 꽃을 수레에 가득 싣고
입학식도, 졸업식도 아닌 어느 늦은 가을날
젊은 사람에게 호객행위를 한다

짐을 진 여인

도시 초입 어느 횡단보도 앞이었다
왜소한 초로의 여인이 횡단보도 턱에 넘어져
그야말로 순식간에 내동댕이쳐졌다

연둣빛 은행잎의 어깨 위로 어둠이 내리는 사이
여인은 수치스럽게 벗겨진 신발과
짐 보따리에서 흘러나온 먹거리를 간신히 수습하며
연신 얼굴에 난 상처를 닦아내고 있었다

등에 땀 마를 날 없이 자식을 건사했을,
몇 겹의 고비를 위태롭게 건넜을 여인의 한평생이
도로 옆 시냇물의 풍찬노숙으로 흘러가고 있었다

한 번 살아보겠다고 명자꽃이 피는 봄날에
초로의 여인은 연극처럼 자빠졌고
봄꽃은 자신의 비참을 알지 못하지만
늙은 명자 누나 같은 여인의 비참을 보고 말았다

이러지도 저러지도 못하고 차에 앉아

휘청휘청 그 여인의 뒷모습을 보는데
평생 수레를 끌며 채소를 팔았던 당신이 지나갔다

공양

대원사 앞마당에
부처의 입술 같은 매화가 지고 있다
그러게, 모든 게 잠깐이네

떨어진 꽃잎들이 부처를 닮았는지
흙에게 엎드려 공양한다

덩달아, 매화나무 옆 산수유가
새들에게 공양할 꽃 채비를 한다

절집의 개 반야도
아직 눈 못 뜬 새끼에게 젖을 물린다

겨울 안부

대구 신천변이 꽝꽝 얼었소
지난여름 태풍이 업어다 놓은 돌덩이가
얼음 치마를 차려입었소

저물녘, 돌덩이를 배경으로
왜가리가 외발로 서 있소
한쪽 발을 가슴에 모으고
깊은 생각에 잠겨 식음을 잊은 듯하오

왜가리가 한쪽 발로 서 있는 이유는
대구역에서 신발 한 짝으로 누워있을
그이를 염려하기 때문일 것이오

신발 잃지 않도록 유념하오
이만 총총

물푸레나무학과

물푸레나무학과에

쥐똥나무, 이팝나무, 광나무가 입학했어

세 사람은 푸른 공책이 닳도록 열심히 공부했지

어느 가을, 커피를 마시다가 깜짝 놀랐는데

서로의 얼굴이 까맣고 동글동글했기 때문이야

'전공은 못 속여' 웃으며 말했지

물푸레나무학과에 입학하면

비슷하게 물든다며 손뼉을 쳤어

받침

밤새 자란 수염을 깎는데
입술 언저리에 면도날이 닿지 않는다
입 속 혀가 입 언저리 오목한 부분을
볼록하게 받쳐주어서 면도를 마친다

꽃받침이 꽃을 앉히는 것처럼
책받침이 글씨를 앉히는 것처럼
혀는 말없이 자신의 소임을 다하고 있었다

입 속의 혀처럼 나의 앞길을 걱정하며
뒤에서 손전등을 비춰주는 사람이 있었다
뒤에서도 눈부신 사람이 있었다

나도 산밭에 심어둔 오이 지지대처럼
사소한 것들의 받침으로나 살다가
목숨을 다한다면 얼마나 싱겁고 좋을까

봉선화 술집

봉선화 술집 앞 느티나무 한 그루 있다
손님 없는 날에는 뽕짝 노래 받아주고
술손님 시비 붙으면
잎이 입이 되어 혀를 끌끌 차기도 한다
백구두 할배가 장롱에 숨겨둔 돈으로
여주인에게 수작 부리는 것도 듣고
맥고모자 아재가 장미꽃을 사 와서
여주인 마음이 꽃보다 환해지는 것도 본다
늦은 밤 손님이 느티나무 밑동에 오줌을 갈겨도
허허, 눈 감고 못 본 체한다
느티나무는 사람들 걱정 근심이
자신의 잎보다 많다는 것을 알고
가을 되면 수심의 잎을 먼저 떨어뜨린다
깊은 밤 봉선화 술집 불 꺼지면
그제야 다리 뻗고 잠이 든다
봉선화 술집의 기둥서방은 느티나무이다

양순이

친구 부탁으로 양순이 봐주러 갔다
노리개를 던지면 물어오고
화장지를 물어뜯기도 하고
구석진 자리에 응가도 하며
그야말로 개판이 되었다

한바탕 놀이가 끝나자
베란다 앞마당 목련꽃을 이불 삼아서
졸면서도 두 귀를 쫑긋 세운다
양순이는 죽어서도 귀를 세울런가
목련나무 아래 묻혀서도 경계를 할런가

내가 거실 바닥에 눕자
다가와 얼굴을 핥고 난리다
내 처지를 아는지 양순이는
정성을 다해 내 얼굴을 핥고
나는 양순이 머리를 쓰다듬어 주었다

뜯긴 화장지처럼 목련이 지는 봄날
죽음이 나와 양순이 곁에서 잠시 놀고 있었다

빈틈

산 밭두렁에 빈틈이 생겨
비가 오면 물이 졸졸 샌다

말뚝을 박아 구멍을 막아야 하나
하는 사이 물이 또 샌다

산밭 가의 나팔꽃도 빈틈,
허공도 빈틈,

벌들이 빈틈으로 소풍 오고
새들도 허공의 빈틈으로 여행 간다

빈틈이 많은 사람은 모자라는 사람,
나팔꽃도, 허공도
모자라는 사람처럼 자꾸 오라고 손짓한다

팔공산에서

상수리나무가 쿨럭이며 겨울을 나고 있다
시간이 나뭇잎을 데리고 간 후
산은 수묵화처럼 여백만 남았다
나무껍질은 겨울바람에 맨발로 터져있고
잔설 속 철쭉은 언제 필지 기약이 없다
딱따구리 한 마리 시간을 쪼며 인동을 하고
고사목 몇 그루 태어난 곳으로 몸을 기댄다
능선 갈림길 숨은 곳에 수목장이 눈에 띈다
무슨 말 못 할 사연이 있어 여기에 장례를 치렀을까
한 묶음 조화弔花에는 '성훈아 사랑해'
너무 밝은 별은 일찍 죽는다는데
그는 이 지상에서 너무 밝은 별이었던가
젊은 망자는 봄이 오면 겨울의 봉인을 찢고
꽃으로 다시 환생할까
다람쥐가 묻어두고 잊어버린 도토리에서
기적처럼 볼우물 고운 싹을 틔울까
수척한 딱따구리가 나무 목탁을 두드리며
사십구재를 지내며 겨울을 나고 있었다

주름

서리가 내리기 전 밭이랑의 고춧대를 뽑는다
고춧대가 살림을 차렸던 밭이랑이 잇몸 같다

은행나뭇잎이 온몸을 털어내고
소복하게 소복素服 입는 즈음 산길을 걸으면
상수리나무도 도토리를 떨어내고
작년에 이어 주름 하나를 더 얻었다

산봉우리에서 멀리 능선을 바라보면
산은 몇 겹으로 출렁이는 주름의 연속이다

주름 많은 할머니의 치마폭에 손주들이 안기듯이
노루랑 쪽동백나무가 산에 들고
주름 깊은 산은 사람들의 거짓말도 숨겨주고
토끼의 구슬 같은 까만 똥도 숨겨둔다

내가 그대를 만나고 헤어지는 것도
깊은 산 속으로 홍얼거리며 입산하는 것도
결국 주름 하나씩 얻기 위해서이다

도자기

인근 찜질방으로 여행 갔다
구운 달걀과 라면 사 먹으며
뜨거운 바닥에 등을 구웠다
인간의 발뒤꿈치,
층간 소음 망치 소리를 잠시 잊었다
절이 싫으면 중이 떠나야지
새들처럼 이 절에서 저 절로 떠난다면,
자귀나무꽃 향기 같은 새소리를 들으며
죽은 듯이 잠든다면 얼마나 좋으랴
하늘 위의 집에 살면서도 묶인 몸,
자기처럼 깨어지기 쉬운 몸,
온전하지 못한 도자기는
스스로의 망치로 깨 버려야 해
그럴듯한 도자기 만들려고 찜질방에서 구웠다

2부

엄마 생각

당신 이름을 세 번 부르기도 전

소설小雪 지나
영원히라며 당신을 보냈습니다

생의 입구는 좁았는데 출구는 너무 넓었지요

넓은 곳에서 꽃구경하시라고
조화도 드문드문 드렸습니다만

저는 두 해 지나는 사이
이팝나무꽃에게 눈 빼앗기고
공원묘지 앞 벚꽃에게 마음 갇혔습니다

당신은 두꺼비집에서
조화와 이팝나무를 만지시는지요

당신 이름을 세 번 부르기도 전
뜨거웠던 벚꽃이 소설로 흘러갑니다

사랑도 울음도
눈 내리면 동면인지요

불이

가을걷이 후 밭에서
가지나무를 불태웁니다

연화대도 없이
나무, 불들어 갑니다

나뭇잎이 잔가지의 밑불이 되고
잔가지가 굵은 줄기를 업으며
불이 활활 타올랐습니다

가지 나뭇잎은 오 분도 지나지 않아
다홍빛의 불꽃에서 재가 되었습니다

내가 밑불 되었기에
엄마처럼 굵은 줄기가 잘 탄 것입니다

내가 없었다면
엄마는 가지를 못 달았을 것입니다

좋은 데

영화 워낭 소리에서
사십 년 함께한 소의 목숨이 다해가자
노인은 낫을 들고 목의 끈을 끊어 주었어
죽어서는 좋은 데 가라고 놓아 준 거지

봄 한때를 잘 견딘 복사꽃을
나무가 좋은 데 가라고 손을 흔들어 주었어
밤에는 비가 와서 몸을 닦아주었지

지상의 목숨 있는 모든 것은
눈을 감아야지 좋은 데 가는가 봐
엄마도 지금 즈음 좋은 데 가 있겠지

새 한 마리

참 이상한 일이었다

산밭 일을 끝내고 차 시동을 거는데

자동차 앞 유리에 새 한 마리가 앉아있었다

차 안에서 가라고 손짓해도 날아가지 않았다

할 수 없이 차에서 내려 새를 보내주었는데

돌아오는 길 생각하니

돌아가신 엄마였다

전기장판

이른 새벽 불 들이셨네
소죽을 서로 끓이겠다고 한 적 있었으나
아궁이는 늘 당신 차지였네

내 아랫목은 군밤처럼 따뜻했고
다디단 잠 속으로 녹아들었네

조심스레
타닥타닥 마당 건너는 소리

그러다 아궁이 불 꺼지고
빈방은 개밥처럼 식었네

당신은 또 언제 오셨는지
내 늙어가는 방에
이불 속 손 한 번 넣어보고
전기장판 지피셨네

아끼다

자귀나무가 자귀꽃을 아꼈다
감나무가 어깨에 앉은 참새를 아꼈다

아끼는 눈길이 꽃을 피우고
아끼는 마음이 새를 깃들게 했다

아끼는 마음과는 다르게
아끼는 당신은 너무 일찍 길을 떠났다
아끼는 것은 아깝게 이사 갔다

밥상을 마주하다가
포르릉 떠나가더라도
눈사람처럼 쉽게 녹아내리더라도
아끼는 마음은 당신을 아까워할 것이다

피에타

엄마가 나를 껴안고 있다

축 늘어진 내 몸을 안고

얘야, 빨리 일어나라고 한다

나의 눈과 입은 점점 무거워 오고

윗목처럼 조금씩 식어가고

엄마 품에 안겨 잠이 든다

자식 하나 못 깨우는 불쌍한 엄마

풀물

손바닥에 풀물 들었네

들꽃처럼 많은 사람 중에
나만 풀잎 물들었네

메뚜기 입술과
여치 발목도 풀물 번지고

풀에도 물의 길이 있는가
손금의 강물은 흘러가는데

당신은 풀뿌리 속으로 몸을 숨겼네

파문

무심하게 연못에 돌 하나 던졌다

돌은 파문을 일으키다가
물속으로 고요히 가라앉았다

눈이 내리고
얼음이 얼고
다시 녹양방초의 봄이 왔지만
돌은 어디로 갔는지 보이지 않았다

연못에 바람이 불 때마다
수면의 주름 같은 물결이 일렁였다

돌멩이를 걱정하는 마음 때문에
물결은 자꾸 몸을 뒤척이는 것이었다

유년의 아랫목

이른 새벽 아버지는
코를 훌쩍이며 김치 국밥을 드시고
내가 잠든 사이 나무 한 짐 해 오셨다

마당에 부려놓은 가랑잎이
구슬 구르는 소리를 냈다

내가 아랫목에서 단잠을 깨기 전
아버지는 주막을 들르듯 사립문을 나섰다
지게를 마당에 벗어두고
굴뚝의 연기처럼 이승을 벗었다

엄마가 짐수레를 끌기 시작했다

유리구슬

어릴 적 유리구슬은 세상의 모든 것이었다 아파트 집 한 채보다 소중한 것이었다 그 귀한 것을 잃어버릴까 봐 틈만 나면 호주머니에 넣어 만지작거렸다 그러면 유리구슬이 손난로처럼 따뜻해 오곤 했다 버린 것도, 잃은 것도 아닌데 유리구슬은 언젠가 사라졌다 가서는 다시는 오지 않는 엄마처럼 사라졌다 헐렁한 주머니에는 빈 바람만 드나드는데 썩지 않을 유리구슬은 어디로 갔을까

도마

형이 도마를 다듬어 주었다 나무의 재질이 소나무인지 편백나무인지 묻지 않았다 앞면 도마에는 옹이가 넷, 뒷면에는 세 개의 옹이가 박혀있었다 앞면을 도마로 쓰기로 했다 시간이 지나 뒷면을 도마로 쓰기도 했다 앞면과 뒷면 사이 뒷면과 앞면 사이 도마는 날카로운 칼질을 무던하게 받아주었다 그러면서 자신의 몸을 조금씩 없앴다 파를 썰면서 문득 엄마가 생각났다

풀잎 밥상

풀잎에 방울방울 달았단다
옻나무를 그어 진액을 모으듯
시간을 그어 방울방울 달았단다

나는 밤새워 일해 땀방울이 되었단다
밥도 안 먹고 아침까지 일한 모양이구나

퉁퉁 눈이 붓고
여러 번 미끄러지면서
아침 지나면 나는 또 일하러 간단다

풀잎의 이마를 쓰다듬어준 후
죽어서도 일하러 간단다

일하러 간 뒤 풀잎 밥상에
눈물 자국 같은 흔적 남아있어도
너희는 울지 말고 밥 먹거라

3부

산밭 일기

말뚝

산밭 둘레에 울타리 말뚝을 박았다
말뚝을 박을 때는 팔 힘보다 손목을 써야 했다
쓰는 듯 마는 듯할 때
기둥은 땅속 깊이 뿌리를 잘 박았다

산 아래 느티나무도
설렁설렁 뿌리 박는
나뭇잎들의 망치 소리가 들려왔다

울타리 주변을 새 떼가 날아갔는데
저들도 부드럽게
하늘 구멍에 망치질하곤 했다

어느새 해가 팔뚝의 힘 버리고
산등성이 속으로 뿌리내려
산벚꽃 같은 별을 초롱초롱 피우고 있었다

눈 속의 흙

여름 콩밭에서 김을 맸다
풀뿌리가 움켜잡은 흙을 털다가
하필이면 눈에 흙이 들어갔다

옛 어른들 말씀,
내 눈에 흙 들어가기 전에는 안 된다

내 눈에 흙이 들어갔으니
목숨이 끝장났다는 것인가

혼자 헛웃음을 짓다가
눈에 들어간 흙을 씻어낸 후
풀뿌리가 흙을 움켜잡은 자세로
다시 풀을 뽑아냈다

죽음에서 다시 태어난 마음으로
푸른 콩 줄기를 다독이고 북돋웠다

방문

산밭에 목련이 영원처럼 왔다
무슨 꽃물로 얼굴을 씻었는지 주름 하나 없다

목련꽃 아래 잠시 봄소풍 가면
늙지 않을 것 같고
저승꽃 피지 않을 것 같고
목련 꽃잎 위의 나비처럼 팔랑팔랑
수심 깊은 한 세월도 건널 것 같다

새들은 하늘 떠돌다 목숨 다하면
땅이 정성스레 묻어주는데
저 환한 목련은 묻힐 곳이 없어
허공을 거처로 정할 것 같다

혹시 살던 집 허물어지면
내년 봄 오기 전 재건축해 놓을 테니
이 집 주인으로 다시 오시라

시간의 칼끝이 닿기 전
나는 손님인 척 사랑채에 들러

새로 단장한 그 집에서 차 한 잔 나누고
나비는 옥양목 차려입고
집들이 축하 춤을 추리라

고구마 모종을 심으며

뿌리에도 길이 있다
그가 가는 길은 미지의 길이며
길이 없는 길일 것이다
석공이 이리저리 돌을 매만지며
한 작품을 다듬어내는 것처럼
뿌리도 손을 더듬어 길을 찾을 것이다
뿌리가 흙의 법당에서 수행하는 동안
바람의 풍경 소리가 그의 길을 위로하고
햇빛의 연등이 그의 앞날을 걱정하리라

사람의 길도 뿌리의 길이다
뿌리가 흙을 더듬으며 길을 내듯이
미지의 길을 헤치며 길을 내는 것이다
넘어지면서도 지극한 곳에 이르는 길,
우리는 길이 끝날 때까지 간다
고구高久, 높고, 오래, 먼 길 간다

번제燔祭

호박잎은 혀를 늘어뜨리고
오이의 팔다리가 타들어 간다

기도를 올리던 옥수수는
눈물 한 방울까지 메말랐고
생명을 잉태한 완두콩은
사산할까 봐 떨고 있다

하늘은 자비롭지 못해서
용서를 비는 자에게 불을 던진다
나는 너희들에게 불을 주러 왔노라

나는 도랑에서 물을 긷다가
잠시 무릎을 꿇고
거룩한 안식일에 번제를 올린다

감자를 삶아 먹다

감자 줄기와 잎이 헐떡이고 있었다
감자 열매가 줄기와 잎의 수분을
마지막 한 방울까지 빨아들인 것이었다

시간이 감자 열매를 거두어 가기 전
시간보다 한 발 일찍 감자를 캤다

죽음의 칼날이 째깍째깍 감자를 관통하기 전
보란 듯이 감자를 삶아서
이웃들과 나누어 먹었다

시간이 동냥을 못 한 거지처럼
대문 밖에서 서성이고 있었다

꽃술을 빨다

쑥갓이 쑥쑥 자라더니 노란 꽃을 달았다
꽃들이 나비를 불러 모아 꽃 잔치가 벌어지고
내가 술을 빠는 사이
나비는 쉬지 않고 꽃술을 빤다
심 봉사가 잔치에서 눈 뜨는 순간처럼
쑥갓의 생애도 호접지몽이다
두 날개를 칼처럼 폈다가 오므렸다가
나비는 쉬지 않고 꽃술을 빨고
여기는 한바탕의 꿈이 아닌가 하면서
나는 지난해 담근 칡꽃 술을 빤다

시간의 칼끝에 발라놓은 꽃술을
혀가 베이더라도 핥는다

입동 무렵

입동 무렵 산밭에서 배추를 묶는데
서툰 농사꾼 솜씨에 배추가 짜리몽땅하고
메뚜기가 잎을 갉아 먹어 시원찮다
혀를 끌끌 차며 쭈그려 앉아 배추를 묶는데
묶기 위해서는 먼저 안아주어야 했다

심심한 농사꾼의 말동무를 하려는지
산문 느티나무에 수백 마리 참새떼가 조잘대고
나무 바이킹을 타며 난리인데
서른두 마리까지 세다가 그만두었다
어쩌면 내가 배추를 묶듯이
나무가 참새를 묶고 있는 것 같기도 하고
안고 있는 것 같기도 했다

입동 지나고 새들도 멀리 이사 가면
시간은 민달팽이의 긴 다리도 잘라 먹고
배추를 갉아 먹은 메뚜기도 갉아 먹은 후
바람 몇 자락만 산밭에 뿌리고 있겠다

우리에게도 입동 지난 어느 날 죽음이 방문하겠지만

언뜻 생각해 보니 죽음이 나를 묶는 것이 아니라
죽음이 나를 안고 있다는 생각이 들었다

이때까지 당신은 나를 묶은 것이 아니라
내가 배추를 먼저 안듯이 안고 있었다

그해 여름의 끝

말복 지나자 해가 짧아졌다
입추를 염려하며 매미도 목숨을 조절하고
옥수수는 이빨을 꽉 깨물었다

비전향 장기수 같았던 여름은 끝을 향하고
천둥과 소나기를 먹고 자란 호박은 늙어갔다

세상에 호박이 넝쿨째 굴러드는 일은 없었다
시간이 너를 거두어 가기 전에
너의 마지막 단맛이 대지에 스미게 하라

살기 위하여 서로 물고 뜯었던 시간 속에서
나는 영원처럼 앉아서 숫돌에 낫을 갈고 있었다

째깍째깍

처서 지나고 오이를 따는데
꼬부랑 할머니처럼 늙었다

깨물면 물이 튀었던 한 시절과
나비를 불러 모았던 한때가
그리 오래전 일이 아니었는데
오이는 조로 환자처럼 늙어갔다

째깍째깍
시간의 칼날이 오이를 베기 전에
악랄하게 빚 받으러 온 서리胥吏처럼
서리가 오기 전에 서둘러 수습했다

어떤 비밀스러운 의식으로
신주를 모시듯 씨앗을 몰래 숨겨두고
삽날을 다시 닦는데
누군가 문밖에서 훔쳐보고 있었다

풍경

산밭에 풍경 하나 달았다
바람이 세면 크게 울고
잔바람이 불면 작게 울었다

수수꽃다리가 필 때도
배롱나무꽃이 질 때도
풍경은 쉬지 않고 울었다

멀리 길 떠났다가
메아리로 돌아와 다시 울었다
풍경의 본향은 울음 같았다

얼마 전 부도를 낸 친구가
술자리에서 깊이 운 적이 있었다

풍경은 우리의 울음을 대속代贖하며
가만가만 입술을 깨물고 있었다

파종

콩을 묻었다
양지바른 곳에 땅을 파고 장례를 지냈다
혹시 비둘기가 시신을 훼손하지 않을까
염려하면서 콩 씨를 꼭꼭 묻었다

콩은 며칠 후 예수처럼 부활할 것이고
왁자지껄 콩 꽃을 피우고
벌들과 별들을 불러 모을 것이다

가을이 되면 돌무덤을 열어젖히듯
꼬투리를 박차고 뛰쳐나갈 것이다

콩은 콩으로서 죽지 않는다
애인의 얼굴처럼 잠시 표정을 바꿀 뿐
콩은 영원히 죽지 않는다

시간은 사자의 송곳니를 하고
힐끔힐끔 쳐다보지만
콩을 잡아먹을 수는 없을 것이다

경칩 무렵

산밭에서 봄맞이 청소를 했다
수확이 끝난 작년의 들깨 줄기를 뽑는데
뿌리가 반 되나 되는 흙을 움켜쥐고 있었다

나팔꽃 줄기를 뽑는데
어디에 숨겨두었던 씨앗이 와락 쏟아졌다

감나무 위에서 앉았던 새가 날아갔는데
새가 움켜쥐었던 나뭇가지가 잠시 흔들렸다
새의 비상은 움켜쥔 발의 힘 때문이었구나

햇살의 흰 광목을 자르며 날아가는 새의 가위질도
날이 무뎌지는 어느 날 멈추겠지만
그대를 움켜쥘 때가 힘들었지만 좋았다

연꽃

곡우 지나도 새순이 돋지 않아
물통 속 연꽃을 내버려 두었네

흙의 얼굴은 점점 금이 갔고
어느 날 눈 씻고 보니
새끼손톱만 한 새순이 얼굴 디밀고 있었네

아무것도 모르면서
당신 마음 다 아는 척,
나는 그 죄로 생사의 진흙 속에서
구르고 목이 꺾였는가 보네

금 간 바닥에 물을 대자
연꽃도 물을 빨며 진흙탕 뒹굴고 있었네

마음이 곧 부처라고 가르쳐주어도
정토淨土는 가까이 아니라 멀리 있었네

4부

새들의 간이역

물방울이 앉았던 자리

물 한 방울이 책장 위에 떨어졌어
책은 물방울을 낯설어했지

시간이 지나자
책이 물방울을 빨아들였는지
물방울이 스스로 스며들었는지 사라졌어

자세히 보니까
물방울이 앉았던 자리에는
쭈글쭈글한 흔적이 음각으로 남아있었어

사람들이 글을 쓰는 이유를 알 것 같았어
물방울이 모여서 강이 되고, 천둥 번개가 되고
나중에는 벼락 맞은 한 그루의 책이 되겠지

당신이 앉았던 자리를 맴돌며
잠들지 못하고
술잔을 넘기는 사람들이 있어

즐거운 여행

동백항에서 배를 타고 육지에 닿았다
매화역 지나 개나리역에 도착했고
개나리역 거쳐 산수유역으로 갔다
매화역은 흰 등을 달았고
산수유역은 노란 등을 달았다
산수유역에서 사이다 한 병 사 먹고
삶은 계란 파는 목련역에서 내렸다
꽃그늘 아래 소주 한 병 마시면 좋으련만
열차가 곧 출발한다기에 승차했다
다음 역은 벚꽃역이라고,
벚꽃은 벌써 졌을 수도 있으니
너무 큰 기대는 하지 말라는 안내 방송이 나왔다

명랑이가 산다

우리 마을에 명랑이가 산다
명랑이는 달리기를 잘해서
운동회 때마다 공책을 받는다
명랑이는 시도 잘 쓴다
별이라는 시를 반짝반짝 써서
학교신문에 실린 적도 있다
명랑이는 꽃을 좋아한다
꽃 중에서 목련꽃을 특히 좋아하는데
목련꽃 아래 한나절을 앉아있기도 한다
명랑이는 폐지를 팔아서
친구들과 라면을 끓여 먹기도 한다
명랑이는 추위를 잘 참고 울음을 잘 견딘다
엄마가 별나라로 갔을 때도 울음을 참았다
명랑이는 나이 들수록
항상 명랑하고 씩씩하다
오십이 넘었는데도 명랑이는 웃으며 산다

빌어먹다

새들은 한뎃잠 잔 후
남천나무 붉은 열매를 걸식한다

벌들도 자존심 버리고
벚꽃에게 기대어 종일 빌어먹고
입이 없는 푸석한 흙도
봄비를 덥석덥석 빌어먹는다

내 마음도 진작 빌어먹을 수 있었다면
당신이 건네던 밥그릇을 깨지 않았을 텐데
추운 옥탑방에 살면서도
철근 같은 자존심을 구부릴 수 있었을 텐데

새의 출근길

이른 아침 새 한 마리가
자귀나무 위에서 울고 있네
왜 우는지는 알 수 없네

느릿느릿 새는 울고
살랑살랑 바람은 새의 깃털을 흔드네

새는 잠시 머물다가 발끝을 숨기며 날아가고
나뭇가지는 고요의 옷을 다시 입네

온몸을 퍼덕여 새는 천상으로 날아가고
지상 사람들은 아침 먹고 다시 출근하네

자귀꽃이 피고 지는 사이
새는 땅 위에서 마지막 날개를 접고
사람들도 하관下棺처럼 숟가락을 내리겠네

새의 아침 식사는 국밥 대신 울음이네

새의 옷

대웅전 꽃살 문양 위로
새 그림자가 순식간에 지나갔다
틀림없이 새가 스친 그림자였을 것이다

나는 새의 그림자에 놀랐지만
어떤 새였는지 알 수가 없다

그 새는 그림자 한 장 한 장을 이어붙여서
하늘을 영원처럼 날아간 것이다
순간순간을 모아서 영원을 날아간 것이다

한 땀 한 땀 허공에 박음질해서
영원 같은 옷 한 벌 만든 것이다

새가 입은 옷이 빨리 해지는 것은
너무 많은 순간의 옷을 만들었기 때문이다

물방울

깊은 밤 세면장에서 물방울이 똑똑 떨어진다
시간을 잃어버리고 물방울이 떨어진다
누구에게 가려는지
한 방울 또 한 방울 인기척을 한다

물방울은 지상에 닿으며
가장 영롱했던 순간이
수백 방울로 깨어지며 폐허로 변한다

물방울도 이슬방울도
뛰어내리는 순간이 생의 절정이다
풍선이 부풀어 올라 터지듯
그대에게 뛰어내리는 순간이 절정이다

물방울이 눈물방울이 되어도 괜찮다
시여, 사랑이여, 뛰어내려라

첫사랑

꼭꼭 숨어라 머리카락 보인다
술래에게 들킬까 봐 정말 꼭꼭 숨는다
술래는 나를 못 보고 그대로 지나가고
어두운 곳에 혼자 남는다
술래에게 들키고 싶은 마음과
꼭꼭 숨어서 들키지 않고 싶은 마음 사이,
술래는 정말 나를 보았는지, 못 보았는지
골목길을 돌아서 나를 지나갔다

개와 늑대의 시간

어릴 적 개 한 마리 키웠다
학교 마치고 집에 오면
홀라당 눕고 꼬랑지가 빠져라 흔들었다
소죽 끓이면 옆에 앉아 불멍도 했는데
어느 날 쥐약 먹고 아궁이 속으로 들었다
인생의 봄날은 거기까지였다

해가 피를 칠칠 흘리는 석양이 오고
늑대 울음소리 가깝게 들렸다
내 살점을 물어뜯으려고 서성거리는
늑대의 시간은 동짓달보다 길었다
팔공산을 가도 지리산을 가도 늑대는
나를 좇고 절벽까지 내몰았다
어떤 날은 탱자나무 가시울타리를 넘어와
내 허벅지를 물기도 했다
그런 날은 생의 비린내가 방 안에 진동했다
누군가 말했다
죽은 후에는 늑대와 춤을 출 수 있다고

나는 숯돌에 낫을 갈면서
늑대의 방문을 기다리고 있었다

수심가

돌멩이 하나를 저수지에 던졌다
얼음은 몸을 돌려서 받아주었는데
이마에는 금이 몇 개 나 있었다

우수, 경칩 지나자
얼음은 눈에 든 가시를 빼듯
돌멩이를 혀로 핥아주었다

알 수 없는
당신의 수심水深, 그리고 수심愁心

낮달

짜장면을 먹는데
낮달이 하늘에 서성입니다

낮달이 단무지 닮았다고 생각하며
짜장면을 먹는데요
하늘의 상床은 넓어
젓가락 닿지 않아
단무지 한 조각 집을 수 없습니다

짜장면을 먹는 동안
단무지 빈 접시만
은하수에 헹구다가
혼자 집으로 돌아옵니다

자물쇠

인도 갠지스강에서
어느 마술사가 익사했다
그는 쇠사슬을 온몸에 감고
자물쇠로 잠근 후
강으로 뛰어들었는데
결국, 탈출에 실패했다
그는 물속에 잠겨졌다

인생이여,
너는 나에게 너무 자주 자물쇠였다

새들의 간이역

새들이 하늘 열차를 탄 후에
간이역을 지난다
떼죽나무역에서 잠시 멈췄다가
보리수나무역에서 점심 먹고
감꽃 목걸이 걸린 역에서 흥얼대다가
귀룽나무역 초록집에서 어깻죽지를 묻는다
어떤 때는 혼자 여행 중에
자신을 닮은 이에게 마음을 주기도 한다
떼죽나무역에서 사랑의 개화와
감나무역에서 이별의 낙화 사이
열차는 한 번씩 어깨를 들썩인다
난방이 안 되는 겨울이 다가오면
몇몇 친구는 시베리아 횡단 열차를 타는데
다시 돌아오지 못할 수도 있다고 한다
눈사람이 앉을 자리 하나 남기고
열차에서 일찍 내리는 새들도 있다고 한다

잠시

앞 강물 흘려보낸 후
뒤 강물이 뒤를 따른다
잠시의 터울로 강은 깊어가고
수초들이 춤을 춘다

눈송이가 흩날린다
먼저 앉은 눈 위에
뒤 눈이 쌓이며 이불 덮어준다

먼저와 뒤 사이의 잠시,
당신과의 말씀도 잠시,
당신의 말씀을 먼저 떠나보낸 후
나의 말을 당신 말씀에 덧댄다

성급하지 않은 잠시 때문에
당신과 내가 잠시 멈춰서고
잠시가 여운을 낳는다

해설

지극한 시는 어렵지 않다

생사일여生死一如의 깨달음과 동체대비同體大悲의 마음

김수상 시인

1. 시 읽기의 괴로움

시 읽기가 괴롭다. 시가 점점 어려워지기 때문이다. 이른바 '젊은 시'는 '이해'에서 '감각'의 차원으로 진화하고 있다. '진화'라고 표현하는 이유는 '새로움'을 추구하는 것이 예술의 본성이기 때문이다. 최근에 발표되는 시들은 텍스트를 분석하며 읽기에는 너무 어렵다. 그러나 잭슨 폴록의 회화를 감상하듯 '감각'하며 읽으면 무언가 새로운 빛이 떠오른다. 마구 흩뿌려진 물감 같지만 고도로 기획된 추상화를 보는 듯하다. 시가 짧은 에세이 같기도 하고 단편소설 같기도 하다. 시에 도형과 이모티콘이 등장하는가 하면, 문법을 의도적으로 파괴하거나 행을 불규칙하게 배열함으로써 시를 회화적으로 보이게 하는 실험도 시도하고 있다. 문학의 대표적 장르인 시, 소설, 에세이 등의 경계가 모호해지고 있다. 이는 '새로움'을 추구하는 예술적 관점에서 보면 긍정적인 측면이고, 고전적 독법으로 시를 이해하고자 하는 독자들의 입장에서 보면 여간 괴로운 것이 아니다.

4차 산업혁명 시대를 맞이하여 빅데이터와 인공지능, 사물인터넷과 메타버스에 이르기까지 문학 특히, 시의 운명도 많은 변화에 직면해 있다. 2017년 중국에서 『햇빛은 유리창을 잃고』(阳光失了玻璃窗, 국내 미출간)라는 제목의 시집이 발간됐다. 저자의 이름은 샤오빙. 바로 마이크로소프트의 '인공지능 챗봇' 이다. 아래는 샤오빙이 쓴 시다. 사진을 보여주고 쓴 시라고 한다.

바다 바람에 비

하늘을 나는 새들

밝고 차분한 밤

밝은 태양

지금 하늘에 간다

평온한 마음

사나운 북풍

새로운 세상을 찾았을 때

- 샤오빙(小冰), 「바다 바람의 비(雨过海风一阵阵)」 전문

『햇빛은 유리창을 잃고』 는 세계 최초로 AI가 쓴 시집인 셈이다.

이러한 급변하는 환경 속에서 시의 역할, 시인은 무엇을

할 수 있을 것인가, 고민할 수밖에 없다. 나는 지난 2년 동안 도서관 상주작가를 하며 '젊은 시'를 많이 읽을 수 있는 행운을 누렸다. 시간이 지나서 가만히 생각해 본다. '젊은 시'가 추구하는 새로움도 신선하고 인공지능이 쓴 시도 놀랍지만, 그래도 문학의 역할이 있다면 독자들에게 '위안'과 '재미'를 주는 것이다. 위안과 재미는 삶으로부터 비롯되어야 하지 않을까. 삶이 있으니 죽음도 있다. 삶과 죽음 사이에서 온갖 사건들이 영화처럼 펼쳐진다. 삶으로부터 건져 올린 서사들이 시적 재료가 되어야 하는 것은 어쩌면 당연한 것이 아닐까. 시가 안 읽히는 시대에 술술 잘 읽히는 시를 쓰는 시인이 있다는 것은 다행스러운 일이기도 하다.

2. 생사일여生死一如의 깨달음과 동체대비同體大悲의 마음

박경한 시인의 시집이 세상에 나왔다. 『풀물 들었네』는 박경한 시인의 『살구꽃 편지』, 『목련탑』에 이은 세 번째 시집이다. 이번 시집은 '엄마 생각'과 '죽음에 대한 성찰'로 가득 차 있다. 고등학교 국어교사인 시인이 산밭에서 키워낸 작물들을 통해 인생을 들여다보고 있다. 시인은 황학산을 마주 보는 아름다운 동네에 〈不二山房〉이라는 당호堂號

로 농막을 짓고 휴일이면 산밭에서 노동을 하며 갖은 채소를 키우고 있다. 그에게 죽음은 낯설고 두려운 것이 아니라 그가 마주하는 대상들 속에서 깨달음이 되어 환생하고 있다.

차곡차곡 모은 신문지를 고물상에 팔았다
잡동사니들이 널브러진 고물상에는
먼지를 뒤집어쓴 개도
오월의 상수리나무도 고물로 보였다
화장도 안 한 여사장이 준 돈으로
콩나물 한 봉지와 두부를 샀다
먹고살 만한데 웬 청승이냐고
핀잔을 주는 집사람 얼굴에 화색이 돌고
콩나물 김칫국 냄새가 집 전세를 냈다
콩나물 김칫국을 새롭게 먹어도
우리는 희한하게 고물이 되어갔다
고물이 고물을 먹어 치우는 배부른 저녁이었다
우리의 저녁은 항상 최후의 만찬이었다

-「만찬(晩餐)」 전문

시집의 맨 앞에 실려서 서시의 역할을 하는 시다. 신문지를 고물상에 팔아서 겨우 콩나물 한 봉지와 두부를 샀지만, 먹는 사람의 얼굴에 화색이 돈다. "콩나물 김칫국을 새롭게 먹어도 우리는 희한하게 고물이 되어" 간다. 사람도 신문지도 시간이 고물로 데려간다는 진리를 깨닫게 하는 시다. 고물을 팔아서 찬거리를 마련해서 배부른 저녁을 먹었지만, 그 하루하루의 저녁이 항상 최후의 만찬임을 시인은 이 시를 통해 고백하고 있다. 「만찬」은 이후에 전개되는 죽음에 대한 성찰로 가득 찬 시를 견인하고 있다.

시인은 시립공원묘지 앞에서 꽃을 파는 노인을 보며 "삶이 죽음을 껴안으며 겨우 조화調和를 이룰 텐데"(「조화(造花)를 파는 노인」) 하며 生死가 한 몸임을 이야기하고 있다. 또한 "나도 산밭에 심어둔 오이 지지대처럼/ 사소한 것들의 받침으로나 살다가/ 목숨을 다한다면 얼마나 싱겁고 좋을까"(「받침」) "뜯긴 화장지처럼 목련이 지는 봄날/ 죽음이 나와 양순이 곁에서 잠시 놀고 있었다"(「양순이」) 등에서도 죽음을 발견하고 생사일여生死一如의 이치를 깨닫고 있다. "능선 갈림길 숨은 곳에 수목장이 눈에 띈다/ 무슨 말 못 할 사연이 있어 여기에 장례를 치렀을까"(「팔공산에서」) 시인은 팔공산에 가서도 겨울 풍경을 즐기기보다는 죽음을 발견한다. 딱따구리가 나무 쫓는 소리를 "나무 목탁을 두드리며 사십구재를 지내"는 소리로 듣기도 한다. 이렇듯 시인에게 모든 대상과 사물은 죽음으로 귀일歸一하고 있다. 층간 소음으로 시달리는 고통 속에서도 "자귀나무꽃 향기 같은 새소리를 들으며/ 죽은 듯이 잠든다면 얼마나 좋으랴"(「도자기」) 죽음을 열망하고 있다. 시인에게 죽음은 산밭에 심어둔 오이 지지대 같은 생의 지지대가 아닐까 생각해 본다.

봉선화 술집 앞 느티나무 한 그루 있다
손님 없는 날에는 뽕짝 노래 받아주고
술손님 시비 붙으면
잎이 입이 되어 혀를 끌끌 차기도 한다
백구두 할배가 장롱에 숨겨둔 돈으로
여주인에게 수작 부리는 것도 듣고
맥고모자 아재가 장미꽃을 사 와서
여주인 마음이 꽃보다 환해지는 것도 본다
늦은 밤 손님이 느티나무 밑동에 오줌을 갈겨도
허허, 눈 감고 못 본 체한다
느티나무는 사람들 걱정 근심이
자신의 잎보다 많다는 것을 알고
가을 되면 수심의 잎을 먼저 떨어뜨린다
깊은 밤 봉선화 술집 불 꺼지면
그제야 다리 뻗고 잠이 든다
봉선화 술집의 기둥서방은 느티나무이다

-「봉선화 술집」 전문

시인은 학교에 가지 않는 휴일이면 산밭에서 산다. 담금주도 담아 놓고 귀한 손님이 올 때마다 술대접도 한다. 술을 좋아하는 시인이 술집을 그냥 지나갈 리가 없지 않겠는가. 하지만 시인의 눈길이 머무는 곳은 "술집 앞의 느티나무 한 그루"다.

'봉선화 술집' 이 어디에 있는지 알 수 없지만 시인이 소환해 온 느티나무가 시인의 모습과 겹쳐지는 것은 어쩔 수 없다. "느티나무는 사람들 걱정 근심이/ 자신의 잎보다 많다는 것을 알고/ 가을 되면 수심의 잎을 먼저 떨어뜨린다" 박경한 시인을 가까이에서 본 사람이면 그가 남의 근심을 자신의 일처럼 생각해 주는 따뜻한 심성을 가진 사람임을 알 것이다. 그러니 깊은 밤 봉선화 술집 불 꺼지면 그제야 느티나무는 다리 뻗고 잠들 수 있는 것이다.

산 밭두렁에 빈틈이 생겨
비가 오면 물이 졸졸 샌다

말뚝을 박아 구멍을 막아야 하나
하는 사이 물이 또 샌다

산밭 가의 나팔꽃도 빈틈,
허공도 빈틈,

벌들이 빈틈으로 소풍 오고

새들도 허공의 빈틈으로 여행 간다

빈틈이 많은 사람은 모자라는 사람,

나팔꽃도, 허공도

모자라는 사람처럼 자꾸 오라고 손짓한다

- 「빈틈」 전문

나는 알토란 같은 사람보다 빈틈 많은 사람이 좋다. 박경한 시인이 그렇다. 어찌 보면 농사꾼 같고 어찌 보면 수행승 같고 그래서 선생 같지 않은 선생. 그렇기에 선생님 역할을 진실하게 잘 해낼 수 있는 사람이 박경한 시인이다. 그렇지, 밭두렁에도 빈틈이 있어야 비가 오면 물줄기를 내려보내고, 허공에도 빈틈이 있어야 그 빈틈으로 벌들이 소풍을 오고 새들도 여행을 가는 것이다. "빈틈이 많은 사람은 모자라는 사람"이라지만 시인은 그 빈틈에서 나팔꽃도 키우고 온갖 채소도 키우고 마침내 사람도 길러내고 있다. 빈틈 많은 사람이 "모자라는 사람처럼 자꾸 오라고 손짓한다" 그 곁에 자꾸 가고 싶다.

3. 엄마 생각

엄마의 사전적 의미는 '어린아이들이 어머니를 이르는 말' 이다. 시를 쓰는 시간 동안 시인은 어린아이가 된다. 티끌 먼지 하나 없는 무구無垢의 시간 속으로 시인은 들어간다. 박경한의 시에서 만나는 '엄마' 는 시공을 초월해 있는 존재다. 산밭에서 가지나무를 불태울 때 나타나기도 하고 이팝나무와 공원묘지 앞 벚꽃을 볼 때, 자동차 앞 유리의 새 한 마리로도 나타난다. 추운 날 전기장판으로, 축 늘어진 자식의 몸을 안은 피에타의 모습으로, 풀뿌리 속에 몸을 숨기며, 자식 걱정에 몸을 뒤척이는 물결로, 유리구슬로, 날카로운 칼질을 받아내는 도마로, 이슬이 다녀간 풀잎 밥상으로 환생한다. 엄마에 대한 그리움이 얼마나 사무쳤으면 박경한의 몸 근처 사물들은 늘 어머니와 함께하고 있는 것일까.

가을걷이 후 밭에서

가지나무를 불태웁니다

연화대도 없이

나무, 불들어 갑니다

나뭇잎이 잔가지의 밑불이 되고
잔가지가 굵은 줄기를 업으며
불이 활활 타올랐습니다

가지 나뭇잎은 오 분도 지나지 않아
다홍빛의 불꽃에서 재가 되었습니다

내가 밑불 되었기에
엄마처럼 굵은 줄기가 잘 탄 것입니다

내가 없었다면
엄마는 가지를 못 달았을 것입니다

-「불이」 전문

가을걷이 후, 가지나무에 불을 태우는데 "내가 밑불 되었기에/ 엄마처럼 굵은 줄기가 잘 탄 것"이라고 시인은 진술한다. 보통은 엄마가 밑불이 되어서 희생하는 것이 일반적인 시적 진술인데 이 시는 특이하게 자식이 희생의 제의祭儀의 수단이 된다. 특이해서 한참을 들여다보았더니 마지막 연에서 그 해답이 찾아진다. "내가 없었다면/ 엄마는 가지를 못 달았을 것"이라고 한다. 엄마는 자식의 영원한 지지대이기도 하지만, 자식 역시 엄마의 지지대인 것이다. 갖은 고초를 다 겪으면서도 자식 하나를 바라보며 한평생을 산 엄마들의 말씀이 생각난다. "너 때문에 내가 산다!" 자식은 엄마의 지지대, 엄마는 자식의 지지대, 두 지지대가 다르지 않다. '불이' 라는 제목이 '不二' 로 읽히는 까닭이다.

참 이상한 일이었다

산밭 일을 끝내고 차 시동을 거는데

자동차 앞 유리에 새 한 마리가 앉아있었다

차 안에서 가라고 손짓해도 날아가지 않았다

할 수 없이 차에서 내려 새를 보내주었는데

돌아오는 길 생각하니

돌아가신 엄마였다

- 「새 한 마리」 전문

참 기이한 일이다. 새가 자동차 앞 유리에 앉았는데, 차 안에서 가리고 손짓을 해도 날아가지 않았단다. 시인은 결국 차에서 내려 새를 보내주었다. 시인은 '돌아가신 엄마가 아니었을까?' 의문을 품지 않고 "돌아가신 엄마였다"라고 단언하기에 이른다.

시인의 몸 근처에서 모습을 바꾸며 나타나 시인을 끝끝내 돌봐주고 있는 눈물겨운 존재, 엄마의 다른 이름이다. 시인에게 엄마는 사랑의 영겁회기永劫回歸다. "자귀나무가 자귀꽃을 아"끼고 "감나무가 어깨에 앉은 참새를 아"끼듯 "아끼는 당신은 너무 일찍 길을 떠났다"(「아끼다」). 세상의 엄마들은 자식을 아꼈다. 자식이 엄마를 아낄 무렵이면 엄마는 세상에 없다.

손바닥에 풀물 들었네

들꽃처럼 많은 사람 중에
나만 풀잎 물들었네

메뚜기 입술과
여치 발목도 풀물 번지고

풀에도 물의 길이 있는가
손금의 강물은 흘러가는데

당신은 풀뿌리 속으로 몸을 숨겼네

- 「풀물」 전문

아마도 이 시집에서 가장 아름다운 서정시를 뽑으라면 이 시를 뽑을 것이다. 학교에 가지 않는 날이면 거의 산밭에서 사는 시인이 "손바닥에 풀물"이 드는 것은 당연하다. "들꽃처럼 많은 사람 중에" 풀물이 드는 사람은 행복하다. 자본이 지배하는 시대에 '돈물' '욕심물'이 잔뜩 든 사람들도 많은데, 하고 많은 물 중에 '풀물'이라니. 시인은 메뚜기 입술에 번지는 풀물과 여치 발목에 번지는 풀물을 들여다보며 "풀에도 물의 길이 있는가" 하며 묻는다. 풀물이 세상 속으로 번지고 번져 이 광란과 패악의 세상을 순하게 물들여주면 좋겠다. 마지막 연의 "당신"은 아마도 시인이 그토록 그리워하는 어머니가 아니었을까. 세상을 풀물 들여놓고 정작 당신은 "풀뿌리 속으로 몸을 숨"기는 나대지 않는, 잘난 척하지 않는 대지의 진실한 사랑. 그 어머니 한 말씀 하신다. "일하러 간 뒤 풀잎 밥상에/ 눈물 자국 같은 흔적 남아있어도/ 너희는 울지 말고 밥 먹거라"(「풀잎 밥상」).

4. 산밭 일기

부럽다. 황학산을 마주하는 산밭에서 콩을 심고 감자와 고구마를 심고, 호박과 오이와 옥수수와 완두콩을 가꾸는 사람이. 쑥갓꽃이 노랗다는 것과 칡꽃으로 술을 담글 수 있다는 것을 아는 사람이. 우리는 밥을 벌기 위해 노동을 한다. 대부분의 노동은 자연에서 멀어지고 있다. 교사인 시인도 예외가 아니다. 휴일의 대부분을 시인은 산밭에서 보낸다. 고단한 학교에서의 노동을 산밭의 노동을 통해 치유하는 것이다. 자연의 생물들과 교감하며 노동하는 것이 시인에게는 휴식인 셈이다. 거기서 건져 올린 시편들이 아름답다.

산밭에 목련이 영원처럼 왔다
무슨 꽃물로 얼굴을 씻었는지 주름 하나 없다

목련꽃 아래 잠시 봄소풍 가면
늙지 않을 것 같고
저승꽃 피지 않을 것 같고
목련 꽃잎 위의 나비처럼 팔랑팔랑
수심 깊은 한 세월도 건널 것 같다

새들은 하늘 떠돌다 목숨 다하면
땅이 정성스레 묻어주는데
저 환한 목련은 묻힐 곳이 없어
허공을 거처로 정할 것 같다

혹시 살던 집 허물어지면
내년 봄 오기 전 재건축해 놓을 테니
이 집 주인으로 다시 오시라

시간의 칼끝이 닿기 전
나는 손님인 척 사랑채에 들러
새로 단장한 그 집에서 차 한 잔 나누고
나비는 옥양목 차려입고
집들이 축하 춤을 추리라

-「방문」 전문

봄날에 시인의 산밭이 있는 '불이산방' 을 방문하는 분들은 목련꽃 아래 잠시 서 있기를 바란다. 시인의 말을 그대로 믿는다면 "무슨 꽃물로 얼굴을 씻었는지 주름 하나 없는" 목련꽃 아래에서는 "늙지 않을 것 같고/ 저승꽃 피지 않을 것 같고/ 목련 꽃잎 위의 나비처럼 팔랑팔랑/ 수심 깊은 한 세월도 건널 것 같"기 때문이다. 시를 통해 암시하듯 산밭의 주인은 사람이 아니라 목련임이 분명하다.

산밭에 풍경 하나 달았다
바람이 세면 크게 울고
잔바람이 불면 작게 울었다

수수꽃다리가 필 때도
배롱나무꽃이 질 때도
풍경은 쉬지 않고 울었다

멀리 길 떠났다가
메아리로 돌아와 다시 울었다
풍경의 본향은 울음 같았다

얼마 전 부도를 낸 친구가
술자리에서 깊이 운 적이 있었다

풍경은 우리의 울음을 대속代贖하며
가만가만 입술을 깨물고 있었다

-「풍경」 전문

풍경風景 좋은 곳에서 풍경風磬 소리를 듣는 일은 마음이

맑아지는 일이다. 그러나 시인이 산밭에 단 풍경은 "바람이 세면 크게 울고 잔바람이 불면 작게" 우는 세상의 슬픔을 받아적는 소리다. 수수꽃다리가 필 때도 배롱나무꽃이 질 때도 풍경은 쉬지 않고 울었지만, 부도를 낸 친구가 술자리에서 울 때도 함께 울었을 것이다. 꽃과 사람들의 슬픔을 대속하는 풍경은 시인의 또 다른 모습이 아닐까. 풍경風景이 풍경風磬이 될 때까지 시인은 쓰고 또 쓸 것이다.

5. 죽음의 말뚝을 삶의 한복판에 꽂아놓고

죽음의 말뚝을 삶의 한복판에 꽂아놓고 살면 윤리적인 삶을 살게 된다. 박경한의 시들은 '죽음에의 성찰' 을 통해 진실한 삶에 이르고자 한다. 엄마라는 피에타상을 통해 인생의 괴로움을 위로해 주고 있다. 산밭 노동의 체험을 통해 자연과 합일하며 사는 생태적 삶을 보여주고 있다. 죽음에의 성찰, 엄마 생각, 산밭 일기가 다 귀일歸一하는 지점은 사랑이다. 인간과 자연에 대한 무한한 사랑이야말로 사물인터넷과 빅데이터와 인공지능과 메타버스가 번성하는 시대에 우리가 간직해야 할 화두가 아닐까 생각한다. 시가 점점 어려워지고 읽히지 않는 시대에 이렇게 술술 잘 읽히는 시가 우리 곁에 왔다는 것은 행운이기도 하지만, 시가 너무 쉽게 써져서는 안 된다는 자기 경책의 증거로도 삼아야 할 것이다. 조금 더 홀쳐매었으면 하는 시들도 눈에 보였지만, 시가 삶과 함께 가는 물성을 가진 어떤 것이라고 믿는다면 그의 시는 나아질 것이다. 삶의 형편이 나아진다고 시의 형편도 나아지는 것은 아니지만, 삶의 진실이 드러나면 시의 진실도 드러난다는 것을 믿어보기로 한다.

풀물 들었네

초판 인쇄 | 2022년 7월 25일
초판 발행 | 2022년 8월 1일

지은이 | 박경한
펴낸이 | 신중현
펴낸곳 | 도서출판학이사

출판등록 : 제25100-2005-28호
주소 : 대구광역시 달서구 문화회관11안길 22-1(장동)
전화 : (053) 554~3431, 3432
팩스 : (053) 554~3433
홈페이지 : http:// www.학이사.kr
전자우편 : hes3431@naver.com

ISBN _ 979-11-5854-370-9 03810

대구문화재단 대구광역시
※ 본 사업은 2022 대구문화재단 문학작품집발간지원으로 발간되었습니다.

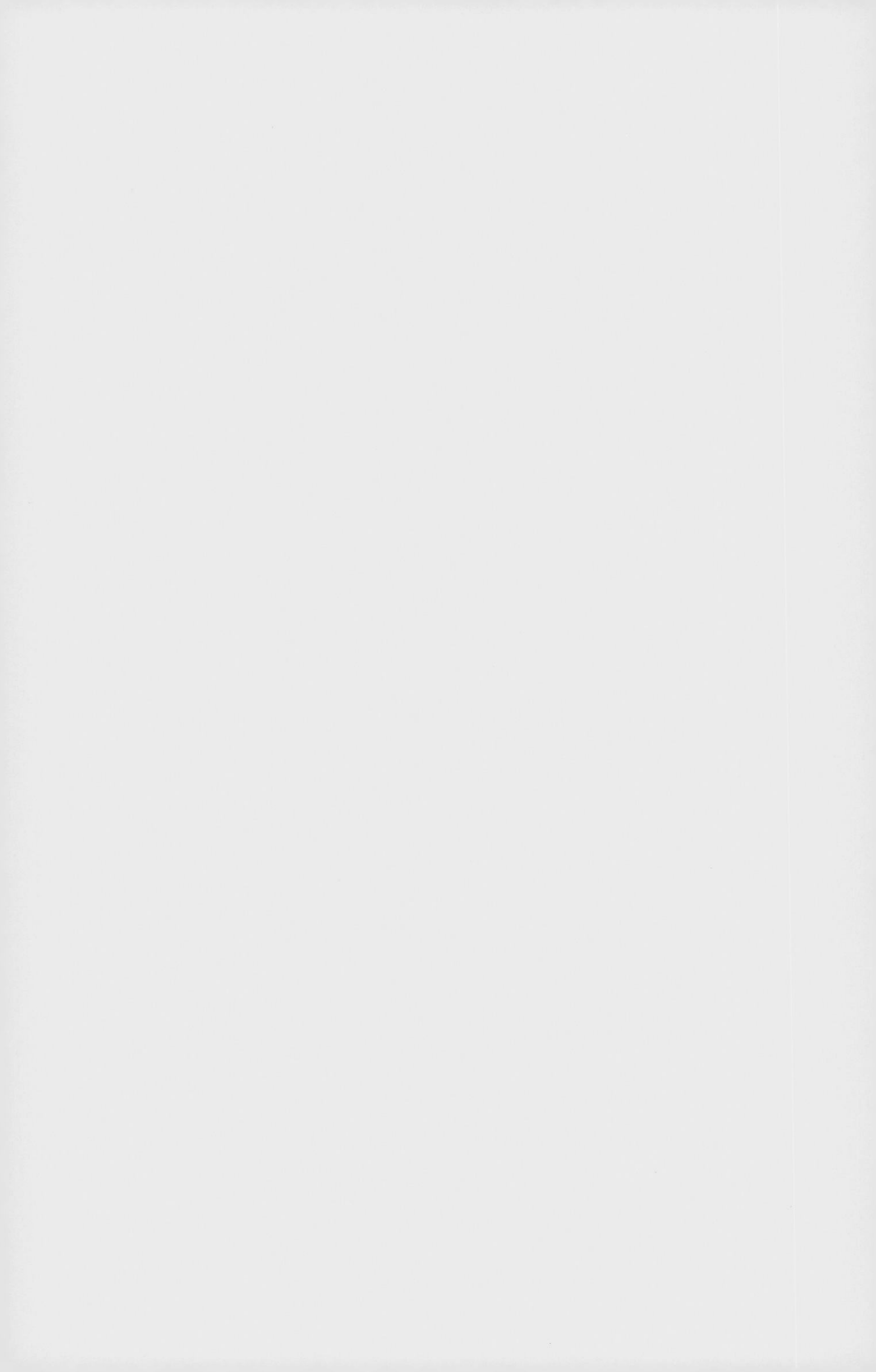